UNE NUIT

AU CALVAIRE

Domine, ad quem ibimus.

SAINT JEAN.

Labarthe

A SON ÉMINENCE

MONSEIGNEUR

LE CARDINAL ARCHEVÊQUE DE PARIS

HOMMAGE RESPECTUEUX.

~~~~~~~

UNE NUIT

AU CALVAIRE

Domine, ad quem ibimus.

Saint Jean.

</div>

Voici que tout repose enveloppé dans l'ombre ;

A peine au firmament une étoile a brillé ;

Et moi je suis monté sur la colline sombre

Et ta croix, ô mon Dieu, me voit agenouillé.

Comme ces purs croyants, qui, la nuit, en silence,

Se relevaient du lit pour gémir devant toi,

Je veux jusqu'au matin veiller en ta présence,

 Et te faire un acte de foi.

<div align="center"></div>
~~~~~~~

Que d'autres aujourd'hui renversent ton image !
D'un cœur à te haïr follement animé,
Qu'ils insultent, ô Christ, aveugles dans leur rage,
Le Dieu des jeunes ans, ce Dieu qu'ils ont aimé !
Moi, d'un cœur indigné je prendrai ta défense,
Et je veux, si ta croix se trouve en mon chemin,
Ainsi qu'on me l'apprit, aux jours de mon enfance,
Signer mon front avec ma main.

Ô sauveur ! ô martyr ! ô sanglant holocauste !
Heureux qui dans son cœur n'étouffe pas ta voix !
Comme un soldat fidèle et qui veille à son poste,
Heureux qui ne s'est pas écarté de la croix !
En vain je te voudrais bannir de ma mémoire,
Quelque chose vers toi toujours vient m'attirer...
Chaque fois qu'on me fit ta douloureuse histoire
Je fus triste jusqu'à pleurer.

Pourtant, je suis de ceux que le torrent emporte,

Qui vont, l'oreille ouverte à tous les vains discours,

Et sans guide assuré, sans croyance assez forte,

J'allais avec mon siècle, où m'entraînait son cours.

Mais on te persécute, ô Dieu de ma jeunesse !...

Indigné, je m'arrête... Et, dans cet entretien,

Je veux te révéler le chagrin qui m'oppresse,

  Ouvrir encor mon cœur au tien.

Ils sont devenus durs, les sentiers où je marche !

J'ai délaissé le temple où tu m'avais nourri,

Et comme cet oiseau, qu'on fit sortir de l'arche

Que de fois j'ai cherché, mais sans trouver d'abri !

Enfin je me traînais, accablé de fatigue,

Mais ton amour, ô Dieu, ne m'abandonnait pas,

Puisque, les yeux en pleurs, le vieil enfant prodigue,

  Agenouillé, te tend les bras !

Tes détracteurs, mon Dieu, sont les fils de cet âge !

Le doute les fatigue, ils aiment mieux nier.

Hier encore au Christ ils prodiguaient l'outrage,

Et pleureront demain de ne pouvoir l'aimer.

O maître de nos jours, suprême Providence...

Leurs coupables erreurs ont déjà trop duré ;

Jette à ces insensés un rayon d'évidence,

      Montre leur un but assuré.

Le ferez-vous, Seigneur ? Hélas ! d'étranges voies

Poussent ces insensés, les éloignent de vous.

Se réchaufferont-ils à leurs premières joies ?

Reprendront-ils le joug qu'ils ont trouvé si doux ?

Je ne sais ; mais, hélas ! le jour pâlit et baisse.

L'étoile se dérobe aux yeux du passager,

Et nul, mon Dieu, ne voit, tant la nuit est épaisse,

      Vers quel fanal se diriger.

Aussi tout cœur s'émeut, l'âme d'effroi saisie ;

On sent qu'il faut prier, vivre plus saintement,

Et la voix du poète a, dans la poésie,

Des sanglots étouffés, un sourd gémissement.

Partout un bruit s'élève, au village, à la ville,

Écoutez, écoutez... Ah ! ce sont de doux chants,

Ce sont, libres penseurs, vers le Dieu qu'on exile,

      Les prières de nos enfants.

Car, matelot perdu sur l'océan immense,

L'homme a besoin de Dieu pour vivre et pour mourir,

D'un rivage où jeter l'ancre de l'espérance,

Quand il voit sous ses pieds l'abîme s'entr'ouvrir.

La France dans ta voie a marché la première,

Mon Dieu, ne laisse pas chanceler sa raison,

Ses regards inquiets appellent ta lumière,

      Fais-la briller à l'horizon.

Quel vide parmi nous, quelle profonde plaie
La perte de ta foi causerait, ô mon Dieu !
Déjà de tous côtés l'humanité s'effraie,
Et je t'apporte ici son douloureux adieu.
Toi qui devais durer jusqu'à la fin des âges,
Sans que l'esprit du mal à jamais prévalût,
Où sera désormais, quand viendront les orages,
    Où sera l'ancre de salut ?

Voilà ce qu'à présent les hommes se demandent.
En vain dans le Seigneur nous avons espéré,
Sur nous de plus en plus les ténèbres s'étendent,
Hélas ! et l'avenir est loin d'être éclairé.
En voyant ton Église, assise sur la roche,
Résister avec peine aux flots mal contenus,
Beaucoup ont demandé si ton règne était proche
    Et si les temps étaient venus.

Oui, les temps sont venus de réveiller la terre,

Et d'élever au ciel les yeux avec la voix;

D'aller sur les hauts lieux, à l'autel solitaire,

Pour redescendre ensuite et prêcher sur les toits.

Oui, les temps sont venus de semer la parole,

Et d'assurer le peuple, en son anxiété,

Que la croix est toujours le cher et grand symbole

De l'éternelle vérité.

A cette mission tout noble cœur aspire!

C'est là l'œuvre de Dieu qu'il est beau de tenter!

Mais que puis-je, Seigneur, moi qui n'ai que la lyre,

Moi qui n'ai jamais su que gémir et chanter.

Ah! ce fardeau trop lourd, qu'un autre le réclame,

Qu'il ait le bras robuste et le front triomphant;

Moi, je suis affaibli, comme une faible femme,

Et timide comme un enfant.

J'ai voulu seulement te visiter encore,

Toi qui seras toujours le Dieu des affligés,

Toi, souvent méconnu, et que pourtant, j'implore,

Toi, vers qui j'ai levé mes yeux découragés !

J'ai voulu seulement, à l'heure solennelle

Où la nuit plus épaisse a remplacé le jour,

Chercher, comme autrefois, un abri sous ton aile,

      Et te parler avec amour.

Et de ces hauts sommets je m'en vais redescendre,

Pâle, les bras croisés et le regard ému,

Et je verrai chacun s'approcher pour m'entendre,

Chacun m'interroger : « Poète, d'où viens-tu ? »

Je reviens d'un sentier où douce est la prière,

D'un chemin que pourtant un petit nombre suit,...

Je viens de voir mon Dieu, je reviens du Calvaire

      Où j'ai prié toute la nuit.

COMTE G. DE LA BARTHE.

Mars 1881.